L'AMORE AI TEMPI DELLA CHAT

"Ci siamo incontrati per caso qui in questa pubblica piazza", non pensavo di calcare questi lidi per conoscerti, ho sempre sognato un incontro romantico e diretto invece no. Mentre scorrevo come al solito la mia pagina web preferita, il tuo nickname mi ha attratta.

Allora mi domandavo se mai avresti chiesto l'amicizia proprio a me:" Sei solare!" affermazione ricorrente da parte degli avventori, ma speravo che anche tu la pensassi come la massa dei frequentatori del sito. Così alle 15.15 di quel famoso mercoledì mi hai chiesto l'amicizia, era quello che desideravo; può sembrare strano, incontriamo ogni giorno tantissima gente; eppure non ci scambiamo né uno sguardo o una parola se proprio non è necessario. Inavvertitamente mi sono riavviata i capelli come se dovessimo da lì a momenti incontrarci. Ma non è forse vero che tanti

1

amori sono nati così? Ma non correre Stefania- mi auto ammonisco.

Questo orario di siesta dava alla conversazione che mi apprestavo ad affrontare un carattere mellifluo, rilassato. Di solito con le colleghe universitarie si condivide il caffè ed i resoconti sulla mattinata appena trascorsa, ma in questo giorno particolare di sospensione per le vacanze pasquali, mi sono ritrovata ad isolarmi in camera in un mondo parallelo. Ero sempre stata restia a questo tipo di contatti, preferendo a questi il rapporto viso a viso, ma avevo ceduto in quel noioso pomeriggio di primavera.

Ma senza girarci tanto intorno era arrivato il momento di presentarsi:" Piacere io sono Valerio e tu?", rispondo in fretta "Io sono Stefania" e a seguire tutta una serie di convenevoli riguardanti aspetto fisico, hobbies, età. Date queste informazioni generiche tutte le curiosità solleticavano la mia immaginazione e, penso, anche la sua. Mentre sto rimuginando su queste fantasie, il mio sguardo si rivolge alla pila di libri che a quest'ora solitamente mi aspettano, l'esame di Analisi 2 mi attende dopo le vacanze pasquali. Cosa fare? Chiudere momentaneamente la conversazione creando suspense da parte sua era forse la migliore soluzione.

Doveva rituffarsi sui libri con una concentrazione molto labile, ma intanto il tempo incalzava e da quando frequentava la facoltà di Ingegneria in una cittadina come Pisa, lontana dalla sua realtà d'origine, vicino al mare, aveva dovuto adattarsi, e molto in fretta, a nuove abitudini e a relazioni con persone fino ad allora lontane dai suoi schemi di vita. "Eh sì, sono molto precisina lo so, si ripeteva Stefy, come la chiamavano in confidenza parenti ed amici, "se salto questa sessione di esami sarò fritta e devo darmi una mossa altrimenti questa probabilità sarà molto elevata". I suoi genitori erano molto fieri di lei, prima universitaria della famiglia, prima a raggiungere il massimo dei voti alla maturità, "ma tutti questi primati in determinati momenti mi mettono in difficoltà ", pensò la giovane donna.

Tutte queste riflessioni mi stanno allontanando dal discorso iniziato in chat, che potrebbe consentirmi di entrare in contatto con una persona sincera oppure con un mentitore seriale. Riaprire il computer e cercarlo in rete, questo è il mio desiderio, si ripete come un mantra la ragazza, ma teme di risultare da subito invadente perciò tende a rimandare il collegamento con il "tale" Valerio appena conosciuto. Improvvisamente a spezzare questo flusso di pensieri, fu lo squillo del telefono che la richiamò alla realtà.

Era la madre per la consueta chiacchierata del pomeriggio in cui faceva il punto della situazione della giornata: le lezioni seguite al mattino in facoltà, il pranzo a casa con le ragazze, Lucia, Elisabetta e Flavia con le quali divideva l'appartamento. Dopo due anni di convivenza e nonostante avessero interessi diversi e frequentassero tipi di studio differenti, lingue, architettura e biologia, erano riuscite a divenire un gruppo affiatato. Le accumunava l'approccio di massima concentrazione sullo studio, almeno fintanto si trovavano fuori sede dovevano rigare dritto per non far lievitare le spese. Che noia che siamo!!! Ripete sempre Stefania, "Menomale che ci concediamo qualche cinema, o discoteca ogni tanto per non essere completamente avulse dalla realtà circostante."

Sarà difficile- pensò Stefania, ma aspetto un po' che mi contatti lui anche perché non saprei come approcciarmi. Solitamente era molto eloquente e disinibita di presenza, ma in quel caso temeva di finire schiacciata in una conversazione dalla quale non avrebbe saputo districarsi, anche perché nel mondo dei numeri era tutto più preciso ed incasellato, sicuramente più di quanto potesse essere in chat. Adesso tamburellava le dita sulla scrivania in attesa di prendere una decisione in merito quando il tipico bip della chat squillò. Era lui? Noooo! Che delusione quella ficcanaso di Miranda che voleva gli ultimi resoconti sulla preparazione degli esami. "Sono molto scaramantica, non voglio fornire indizi sulla mia preparazione a nessuno!" così si ficcò la testa sui libri fino all'ora di cena tenendo lontana ogni distrazione. Era certamente più utile questo rispetto a scambiare chiacchiere sul nulla con perfetti sconosciuti, la sua passione per la lettura e lo studio la rendevano una creatura rara e differente dai suoi coetanei. Ma ognuno aveva la sua natura -si ripeteva da sempre Stefania, ed in famiglia non era l'unica a coltivare queste passioni anche la sua cara zia Erminia, sorella della madre, l'aveva sempre incoraggiata a coltivare interessi che andassero oltre allo studio. L'essere figlia unica le aveva dato una connotazione davvero singolare, così le dicevano tutti, ed un po' le pesava, ma aveva imparato a farci i conti.

"Stefaniiaaaa, è pronta la cena" la voce di Lucia spezzò lo scorrere dei suoi pensieri e si attivò per andare a cenare: quella sera era il turno di Lucia poiché ogni sera una di loro aveva questo incarico e tutto il giorno era scandito da impegni in casa per tutte loro.

Quando si ritrovò a tavola con le ragazze si sentì catapultata nella socialità forzata, la sua natura di figlia unica spesso la portava ad isolarsi, a ricercare spazi propri, nei quali spesso la fantasia la faceva da padrona. Perché devo sentirmi inadeguata- pensava Stefania - piuttosto potrebbero essere gli altri ad adeguarsi, potrebbe sembrare egoistico ma è pura sopravvivenza.

2.

Un altro giorno stava concludendosi e l'essere stata chiusa in casa, anzi in camera l'intero pomeriggio, aveva creato in me una patina di solitudine e pensavo a come differente mi sentivo spesso anche solo dalle mie coinquiline. Riflettevo su tutto ciò quando mi sentii bussare alla porta: erano le 22, chi poteva essere? Avanti – disse automaticamente. "Ho un problema, esordì Elisabetta, credo di essere incinta…" dopo aver sganciato questa bomba, volse lo sguardo al pc acceso di Stefania, la quale rimase spiazzata da quell'affermazione.

Elisabetta aveva una relazione con un suo coetaneo da relativamente poco e la loro relativa inesperienza, forse, o li aveva portati a questi inaspettati risultati.

Cosa dire?

In primo luogo, non affidiamoci solo al test, domani vai a fare le analisi, per averne la certezza scientifica o clinica che dir si voglia, ti accompagnerò io se vorrai;

Ma lui lo sa? Immagino non ancora!

Immagini bene- ribatté l'amica.

Adesso vai a riposare, questi pensieri che ti ronzano per la testa sicuramente ti tolgono la tranquillità, sarai molto confusa, cerca di mantenere la calma, ok?

Così le due amiche si abbracciarono e si accommiatarono augurandosi la buonanotte. La notte trascorse in maniera agitata anche per Stefania, la quale era molto empatica e difficilmente riusciva a non far diventare proprio il problema di un'amica.

Di buon mattino le due amiche si recarono al centro analisi e, dopo il prelievo, si concessero un'abbondante colazione al bar prospiciente al laboratorio analisi. I risultati sarebbero stati disponibili solo l'indomani pertanto dovevano trovare il modo per colmare quell'attesa. Intanto Elisabetta aveva deciso di attendere prima di parlarne al suo fidanzato; "Faccio bene io ad intessere certe relazioni in chat almeno non corro questi rischi" pensò tra sé e sé Stefania.

3.

Il giorno del verdetto per Elisa, così la chiamavano tutti, era arrivato e fu positivo; incinta a ventitré anni, con un percorso di studi universitari ben avviati ed un fidanzato ignaro al quale comunicarlo, per non parlare dello choc per i suoi familiari. Non era certamente la prima al mondo a trovarsi in quella inattesa circostanza, ma sicuramente aveva bisogno di tempo per metabolizzare la notizia e capire come comunicarlo agli altri senza considerare che neanche lei sapeva come gestire le proprie emozioni.

Piombarono in camera sua tutte le coinquiline, ognuna con un piccolo dono od un consiglio senza tuttavia riuscire a togliere dalla confusione la frastornata Elisa che doveva affrontare quello che le sembrava un "plotone d'esecuzione", più la sua famiglia che il suo fidanzato. Nel pomeriggio avrebbe incontrato Elio, per parlagli e comunicargli la notizia-bomba e non osava immaginare la sua reazione, lui apparteneva ad una famiglia molto in vista a Pisa: il padre medico e la madre manager in una grande multinazionale. Quando si incontrarono Elio notò subito il turbamento della ragazza, cercò immediatamente di mettere a suo agio la ragazza per consentirle di comunicargli quanto aveva da dire con la maggiore serenità possibile. Come prevedibile il giovane cercò la prima sedia per sedersi come se cambiando postura avesse potuto reggere diversamente il "colpo", era una bella notizia certamente con tutte le brutte notizie che circolano ogni giorno sulla salute, "Ma erano pronti per ciò? Con tanti progetti ancora da realizzare". Ma senza rendersi neanche conto la donna sentì scivolare dalla sua bocca le parole:" Io questo figlio lo voglio con o senza di te", improvvisamente questa presa di posizione sorprese anche lei. In attesa della decisione del suo lui, pensò a come esporre il tutto alla sua famiglia e scoprì in sé una forza che non immaginava di avere.

Giunta alla villa dei suoi sentì tremare le gambe, ma decise di farsi coraggio in quanto la notizia avrebbe potuto sconvolgere i suoi genitori; decise che li avrebbe radunati in quella che la famiglia chiamava: La sala delle grandi decisioni, il salone. Esordì dicendo di essere consapevole di dare loro una delusione o una grande preoccupazione, ma li affrontò coraggiosamente, le parole da trovare erano dure da proferire, si affidò al proprio istinto e disse "Questa notizia ha colto di sorpresa per prima me che ho sempre programmato e tenuto tutto sotto controllo, bensì questa volta non è andata così", venne interrotta dalla madre che le chiese di giungere al punto per non far accrescere ancora la tensione. Allora trasse un forse sospiro e affermò: "Sono in attesa di un bambino, incinta, sì", la madre accusò il colpo e venne subito sostenuta dal marito, uomo molto affabile e premuroso. Nessuno osò proferire parola, tranne il gold retriver, cane di famiglia, che ululò verso Elisa, come avesse compreso il suo grado di difficoltà.

4.

"Oggi è un giorno importante: affronterò l'esame Analisi 2". Arrivata in facoltà Stefania respirò intensamente e chiamò a sé tutta la concentrazione possibile anche se gli ultimi eventi la avevano scossa. Quando arrivò il suo turno espose teoremi e dimostrò formule con grande scioltezza meritandosi un bel trenta e lode. Almeno una bella notizia da condividere con la famiglia e le ragazze. Passando dalla più rinomata pasticceria di Pisa acquistò dolcetti di ogni tipo per alleggerire anche la situazione di Elisabetta, così rientrata a casa festeggiarono tutte quante assieme le ultime novità. Le amiche, secondo una tradizione consolidata e nonostante tre quarti del mio programma di studi fosse per loro sconosciuto, vollero che raccontassi l'esame da cima a fondo. Sono diventata molto riflessiva da quando vivo con loro e soprattutto più capace di condivisione di quando vivevo in famiglia.

5.

"La mia amica si è cacciata in un bel guaio" scriveva nel suo diario personale Stefania, "eh sì è un'usanza antica scriverti caro diario, ma mi aiuti ad esorcizzare tante paura e a non sentirmi sola, ho iniziato a tredici anni su consiglio di una 'illuminata' professoressa alle scuole medie." Intanto si chiedeva come si fosse risolta la comunicazione di Elisa alla sua famiglia e prima ancora al suo fidanzato. Si recò in cucina a prendere il caffè con le sue amiche, tutte quante preoccupate della situazione della loro cara Elisa.

In fondo erano cresciute insieme, avevano condiviso molti momenti belli e meno belli, tra cui la perdita del padre di Flavia, avvenuto in maniera repentina a causa di un infarto fulminante. In quell'occasione erano state molto coese, avevano fatto un cordone attorno all'amica, la avevano protetta come una sorella, prendendosi cura di lei senza mai lasciarla sola, anche perché essere studentesse "fuori sede" comportava il ritrovarsi spesso spiazzate su come affrontare la vita di ogni giorno. Le ragazze si erano organizzate in casa in maniera scientifica proprio, forse perché erano quasi tutte studentesse in facoltà a taglio matematico ed avevano quindi una mentalità molto inquadrata.

Alle sedici, mentre le ragazze erano ancora riunite in cucina, giunse Elisabetta e raccontò come un fiume in piena prima dell'incontro con il fidanzato e poi di quello in famiglia. Ma in conclusione Stefania le disse: "Comunque vada noi saremo con te!", questo risollevò la ragazza che le strinse tutte in un abbraccio. Con tutti questi accadimenti ho dimenticato persino la chat- riflettè Stefy. "Adesso mi collego e vedo di fare una chiacchierata leggera per ridimensionare tutta la tensione accumulata in questi giorni tra esami e notizie sconvolgenti".

6.

Secondo Stefania l'amicizia è certamente importante ma sarebbe altrettanto importante intrecciare un altro tipo di relazione con un uomo che le potesse fornire differenti prospettive di vita. Aveva sempre avuto più amicizie al maschile, anche in considerazione degli studi frequentati prevalentemente da ragazzi. Con loro, paradossalmente, le sembrava tutto più facile, gli uomini avevano un modo di ragionare più semplice e lineare, ovviamente se non vi era interesse diverso da entrambe le parti. Soltanto una volta si era trovata in una incresciosa situazione con un collega del corso di Fisica il quale si era innamorato di lei, ma per lei la relazione non era possibile in quanto non ricambiava quei sentimenti. "Sono troppo centrata su me stessa", si diceva, ma questo aspetto del mio carattere non riesco proprio a smussarlo, sono capace certamente di ascoltare gli altri, specialmente gli amici, con i quali divido la vita, ma sopraggiunge poi il momento

Accese il computer per verificare se Valerio fosse stato collegato in chat, così non sarebbe sembrato, ma rimase lì in attesa che si facesse vivo. Ecco campeggiare il suo nome sullo schermo:" Ciao" esordisco io e lui mi risponde con un laconico "Hallo", e poi prosegue con "Mi manderesti una tua foto?", ed io un po' basita rispondo "Non ho molte foto, non amo molto farmi fotografare, ma cercherò tra le poche che ho." Avevo una strana voglia di scappare dalla conversazione, forse delusa dalla richiesta, anche se mi rendevo conto di esagerare: aveva solo richiesto una foto. Ma, nonostante ciò, prevalse il mio istinto e dissi "Scusa ma devo andare, alla prossima".

7.

Aveva tanto atteso che Valerio si collegasse ma poi era rimasta delusa, non capiva neanche lei esattamente il perché, d'altronde non aveva nessuna richiesta particolare. Sono troppo rigida forse, si ripeteva, e dovrei lasciarmi un po' andare. Sulla scia di questi pensieri si mise a scartabellare per cercare una sua foto "decente": eccola. Era una foto che la ritraeva vicino ad una spiaggia di Ibiza dove era stata in vacanza qualche anno prima, i capelli castani, un po' ondulati dalla salsedine, che le scendevano all'altezza delle spalle, indossava un paio di occhiali da sole che coprivano i suoi begli occhi verdi dal taglio orientale ed indossava una maglia e dei succinti pantaloncini. Un click e la foto era indirizzata al destinatario e subito un bip di risposta di Valerio detto "Valmare": "Sei stupenda ". Dopo essere rimasta un momento in attesa di schiarirsi le idee per rispondere in maniera repentina, ma non scontata infine rispose con semplice "Grazie", anche se la risposta di lui le era sembrata al contempo iperbolica e banale. Allora ancora una volta ebbe voglia di scappare. Si stava chiedendo dove fosse lui in quanto non lo aveva mai specificato e non era nemmeno evidenziato tra le informazioni personali. Si accommiatò da lui con una banale scusa in attesa di un'altra conversazione.

8.

Stefania aveva tenuto per sé questa nuova amicizia virtuale, temeva di essere derisa dalle amiche, le quali la vedevano già circondata da ragazzi ogni giorno all'università. Ma tra queste conoscenze non aveva consolidato nessuna amicizia particolare, aveva soltanto imbastito rapporti di buona "colleganza". Rifletteva sul fatto che lei stessa era stata critica nei confronti di queste tipologie di "amicizie", preferendo ad esse quelle in diretta "occhi negli occhi", ma non sapeva perché fosse attratta da questa conversazione virtuale con tale Valerio. Naturalmente non voleva invischiarsi in un rapporto poco chiaro o imbattersi in una persona che diceva di sé tante falsità e poche verità. Era molto guardinga in genere, preferiva non raccontare molto di sé al primo conosciuto, ma in chat era tutto differente, il problema era reciproco, entrambi avrebbero potuto dare di sé un'immagine diversa da quella reale. Era molto combattuta, continuare a scriversi o a "parlare" con questo nuovo lui o interfacciarsi con la sua vita di ogni giorno con più intraprendenza dando la possibilità a qualche giovane in carne ed ossa di relazionarsi con lei.

9.

Quella mattina sentiva l'effetto della primavera più che mai e questo si tradusse nella scelta dell'abbigliamento da indossare: pescò dall'armadio un abitino fiorato su uno sfondo blu che dava particolare slancio al suo fisico, solitamente fasciato da jeans e maglie comode. Fu l'amica Flavia, la più espansiva delle ragazze, che come dicevano tutti, sprizzava voglia di vita da tutti pori a trascinarla fuori. "Per oggi dimentica l'università e le tue "fissazioni" e respira l'aria della bella stagione". Si lasciò così condurre per le vie del centro percorrendo ogni centimetro di strada avendo come sottofondo il chiacchiericcio di Flavia. Per l'amica ogni argomento risultava buono per imbastire una conversazione, in nessuna situazione si sentiva a disagio o fuori luogo, aveva sempre la risposta pronta ed un sorriso accattivante. Stefania provava una sorta di ammirazione per l'amica, dalla quale cercava sempre di trarre degli spunti per essere, o tentare di essere, più disinibita. Dopo tanto peregrinare si fermarono in un baretto del centro dove tanti altri giovani erano soliti soffermarsi per un caffè e quattro chiacchiere. E così fecero anche loro che avevano fatto acquisti ed adesso volevano godersi in quel bar ulteriori momenti di relax, scambiando occhiate intorno a loro. In quel frangente si fece capolino nella mente di Stefania l'idea di raccontare all'amica il suo nuovo tipo di amicizia, ma rimase titubante fino all'arrivo del cameriere che annunciava i due caffè. Era sfumato il momento e Flavia riprese a parlare della commessa scortese dell'atelier nel quale non aveva voluto acquistare proprio per questo motivo. Lei si limitò ad annuire, ma la sua mente era attraversata dal dubbio di condividere la sua nuova "amicizia", preferì evitare pervasa dal timore di essere mal giudicata.

10.

Dopo il pomeriggio di scorribande in centro si ritrovarono la sera a confrontarsi rispetto agli acquisti fatti ed alla gente incontrata; in quel momento Stefania capì che era il momento di raccontare alla sua amica del suo amico" virtuale". "Proprio tu? Scettica su tutto e tutti?!": così esordì l'amica lasciando ancor più basita Stefania. Sarebbe stato meglio non raccontarglielo, pensò subito Stefy mentre Flavia avvertì di aver esagerato dall'espressione che aveva assunto la sua coinquilina. E soggiunse, "Ma dai forse non sarà poi tanto male comunicare in maniera virtuale, ma pensavo che tu avessi già tanti amici e conoscenti reali". Allora la ragazza spiegò che tutto era avvenuto un po' per caso, dalla curiosità di capire come funzionava questo meccanismo tanto chiacchierato delle chat ed il risultato ancora non era arrivato, aveva bisogno di sondare ancora un po' questa conoscenza virtuale per comprendere se era attendibile o meno, d'altronde molte storie erano nate così ed erano andate in porto senza alcun problema. Non si aspettava di certo la storia d'amore del secolo, ma questo tipo di comunicazione solleticava la sua curiosità e per il momento non intendeva interromperla, senza grandi aspettative ovviamente. Si fece promettere dall'amica che non avrebbe condiviso con altri questa sua confidenza, non perché se ne vergognasse ma solo per mantenere "sua" questa situazione.

11.

Si era svegliata felice: aveva incontrato l'uomo della sua vita, i particolari erano sfocati, ma le era bastata la sensazione che avvertiva ancora sulla pelle per il sogno con il quale era riemersa alla realtà. Raramente ricordava i sogni ma quando accadeva per tutto il giorno portava quella sensazione, un caffè ed una giusta colazione l'avrebbero aiutata ad affrontare la giornata tra lezioni all'università, spesa al mercato e poi turno di cucina. Non amava molto cucinare, né fare la spesa, prediligeva dedicarsi alle faccende domestiche: veder brillare le superfici di bagno e cucina. "Una vera donna di casa deve essere abile in tutto" le aveva inculcato la Zia Erminia, ma la sua risposta era sempre stata che voleva dedicarsi alla carriera e non alla casa. Appena rientrata dopo le lezioni e le varie incombenze, chiamò Elisabetta e Lucia, la più discreta tra le ragazze che non faceva mai troppe domande ed era sempre pronta ad ascoltare. Preparò un caffè ed insieme fecero il punto della situazione soprattutto con riguardo a Elisa, giunsero alla conclusione che l'amica aveva avuto molto coraggio sia nell'annunciarlo a tutti sia a decidere subito di tenerlo senza titubanze ed indipendentemente dall'approvazione di chiunque altro.

12.

Facciamo un resoconto generale- si disse Stefania- ho ventitré anni, la mia carriera universitaria procede speditamente, ma non ho ancora una relazione stabile, anzi non ho uno "straccio" di relazione! Tranne questo contatto virtuale che ho anche il timore di coltivare, per mancanza di fiducia nei confronti del prossimo, potrebbe raccontarmi gigantesche frottole ed io credere a tutto in quanto ingenua e poco incline alla malizia. Decise nel frattempo di collegarsi e cercare il suo amico; era in linea e così si salutarono e lei gli chiese di dov'era e con sorpresa apprese che era di un paese vicino alla sua cittadina d'origine. Ciò le fece piacere e la portò ad essere più spigliata nella conversazione, perché chissà un giorno avrebbe potuto conoscerlo di presenza ed annullare tutte queste distanze. Si confrontarono per più di mezz'ora sui loro gusti musicali, cibi preferiti, abitudini sgradite e tutto quello che scaturiva naturalmente dalla conversazione. Ad un dato momento Stefania dovette chiudere la chiacchierata perché si ricordò che la aspettava il turno in cucina; si accommiatò da Valerio e con un "A presto " chiuse il tutto.

13.

I mesi trascorrevano veloci e ci ritrovammo alle vacanze di Natale, dovevamo salutarci tutte per rivederci a gennaio per la prima sessione dell'anno nuovo, ma quest'anno c'era di nuovo che Elisa non sarebbe tornata, non almeno subito perché avrebbe partorito il suo bambino: chissà il coacervo di emozioni che provava. Era stata coraggiosa a portare avanti la gravidanza da sola: Elio, appresa la notizia, si liquefece, influenzato dall'agiata famiglia mentre i genitori di Elisa avevano preferito che la figlia restasse qui con noi come se nulla fosse accaduto. "Tutto nella vita alla volte cambia rapidamente, alle volte sembra immobile, ma nelle retrovie qualcosa sempre si muove e poi emerge all'improvviso" - che pensiero contorto ho fatto. I saluti quest'anno pertanto furono più strazianti del solito, carichi di aspettative, di speranze, abbracci ed anche di parole non dette…le vacanze di Natale ognuno a casa propria erano una consuetudine ma quest'anno non avremmo voluto separarci. Ognuna di noi sperava in cuor suo che Elisa riuscisse ad affrontare il termine della gravidanza ed il parto nel migliore dei modi, la avevano coccolata per tutto il periodo precedente come una sorella e adesso separarsi era dura. Ma la vita alle volte sceglie per noi le strade, i sentieri ed i percorsi da seguire ed a noi non resta che seguire la scia, intravedendo la traiettoria meno inerpicata.

14.

L'arrivo a casa era sempre festoso, i miei genitori ad attendermi in salone e la immancabile zia Erminia in cucina specialista in dolci natalizi, era preceduta dall'essenze e dagli odori che provenivano dalla sua direzione. Appena arrivata mi sento accolta dal caldo abbraccio della mia famiglia: ecco casa, tutto sta in una parola, il luogo dell'accoglienza, delle radici, della mia essenza. Non ho dubbi sul fatto che faranno l'impossibile per accontentarmi in tutte le eventuali mie richieste ma proprio per questo evito di farle. Non desidero sentirmi ancora una bambina al loro cospetto anche se è così che mi percepiscono ancora. In questa occasione delle feste rivedrò i miei amici di sempre e chissà forse avrò il coraggio di incontrare Valerio per passare dal virtuale al reale ammesso che anche lui lo desideri, ma non ne abbiamo mai parlato! Adesso non mi resta che tuffarmi nelle abbuffate natalizie, non trascurando però gli studi che mi vedranno impegnata nella sessione invernale.

15.

Le giornate trascorrevano lente, la mia cittadina inerpicata su un monte era ricoperta da una lieve coltre di neve che rendeva tutto ovattato, il risveglio era silenzioso per tutti, totalmente diverso dalla città. Quando torno in paese sono sempre disorientata nei primi giorni e cerco di trovare le coordinate per muovermi, sarà la mia deformazione di studi ma ho bisogno di incastrare tutto in schemi e tabelle. Decido di telefonare ad Elisa per sapere come sta: mancherebbe una settimana al parto ed io sono in trepidazione per lei: sento la sua voce al telefono con un misto di ansia e desiderio di conoscere la sua creatura. Le dico che le sono vicina anche da lì e che mi spiace non poterle essere realmente più utile se non incoraggiandola. Elisa, con la generosità e l'empatia che la contraddistinguono, si mostra sempre affettuosa e comprensiva: sarà un'ottima madre, penso. Per fortuna la sua famiglia l'ha accolta e la stava sostenendo in questo momento davvero speciale e particolare. "Crescere un figlio da sola non sarà facile, ma per fortuna la mia famiglia mi aiuterà", afferma Elisabetta. Altre parole erano superflue in quanto si intendevano anche a distanza, laddove le amicizie si fondono su solide basi come nel caso loro.

16.

All'improvviso si sentì un boato e tutti corremmo verso la cucina: era la zia Erminia che aveva dimenticato sul fuoco le frittelle. Era imbarazzatissima quando tutti andarono verso di lei preoccupandosi se si fosse fatta male, per fortuna era illesa. Questo episodio preoccupò un po' tutti poiché lei era sempre molto attenta in tutto quel che concerneva la cucina e non solo, stava già invecchiando: ecco il pensiero di tutti, ma che nessuno esplicitava. Ogni volta che Stefania tornava a casa da Pisa, aveva la sensazione di vedere i suoi genitori sempre più invecchiati e di perdersi scorci di vita che non sarebbero più tornati. Dopo l'iniziale immersione in famiglia, la ragazza sentì l'esigenza di ritirarsi nella sua camera, dove si apprestò ad accendere il pc per cercare il suo amico che, con delusione non trovò in linea, ma sostò comunque a chiacchierare con qualche amica di lungo periodo che non vedeva quasi mai, poiché abitavano in città diverse. Il dovere mi chiamasi disse, chiuse, delusa la chat e sprofondò nei suoi amati testi universitari.

17.

Di prima mattina ricevette un sms dalla sorella di Elisabetta: corredata da una foto di una bellissima infante: oggi è nata Caterina, nome della nonna materna tanto amata da Elisa. Il momento tanto atteso era giunto e Stefania era in trepidante attesa di poter parlare con l'amica, ma dovette attendere il via dalla sorella della sua carissima amica. Nel frattempo, comunicò la lieta notizia alla sua famiglia, che accolse con gioia la notizia. Era arrivato il momento di andare a trovare gli altri zii e zie nella sua cittadina, altrimenti si sarebbero seriamente offesi, in ogni luogo si recava riceveva un'accoglienza da principessa e si sentiva profondamente a disagio. Finito questo tour, rientrò piacevolmente a casa e si ripromise di incontrare al più presto anche gli amici di vecchia data con cui aveva trascorso il tempo libero da quando era bambina, d'altronde la cittadina era tranquilla e aveva consentito un'infanzia da trascorrere anche per le viuzze del vecchio borgo.

Negli anni si era popolato diventando simile ad una vera e propria cittadina con tutti i servizi e le scuole che funzionavano adeguatamente. La qualità della vita era sempre stata molto elevata, poi la cittadina si era certamente spopolata per via del lavoro che i giovani cercavano spesso all'estero o si allontanavano temporaneamente per gli studi universitari per rientrare al termine degli stessi ed aprire attività in loco. Ogni volta che rientrava Stefania avvertiva un senso di festa o di familiarità che non riscontrava altrove. Contattò gli amici e li adunò nel bar della piazza centrale per condividere un brindisi ed un momento insieme. Non li vedeva da alcuni anni, e rimase basita nel vedere soprattutto il ragazzo per il quale aveva una cotta da adolescente: com'era invecchiato male!

18.

Elisabetta chiamò Stefania un pomeriggio, le raccontò l'esperienza del parto e la nascita della piccola Caterina, e lei ascoltava tutt'orecchi ciò che l'amica le raccontava: le sensazioni, le emozioni provate e si chiedeva se un giorno anche lei le avrebbe provate. Questa telefonata le aveva messo addosso una certa malinconia, o delle sensazioni nuove alle quali non sapeva dare il nome. Aveva avvertito anche un senso di spaesamento nell'amica, non di inadeguatezza, ma un complesso groviglio di emozioni dovute certamente al parto, ma anche alla mancata presenza di Elio, che si era dileguato non appena appresa la notizia. Anche se non aveva più sviscerato l'argomento la sua cara amica, concentrandosi esclusivamente sulla gravidanza aveva dovuto gestire questa grossa delusione, di non aver avuto l'appoggio dall'uomo che credeva l'amasse in maniera totalizzante. Certo è che l'amore, a quell'età specialmente, poteva fare brutti scherzi ed affievolirsi mostrandosi infine come un fuoco di paglia; non per questo faceva soffrire di meno di un amore "adulto". Di tutto questo però Elisa non faceva parola tenendolo chiuso come uno scrigno gettato in fondo al mare, ma Stefania era cosciente del fatto che prima o poi il problema andava affrontato.

19.

Le settimane scorsero veloci e dopo i festeggiamenti del Natale e i bagordi di Capodanno, arrivò il momento di rientrare a Pisa. Non era facile ogni volta staccarsi dalla sua realtà familiare, ma necessario per riprendere gli studi e lezioni: dove incontrava tante persone, colleghi suoi coetanei e docenti davvero valevoli che stavano contribuendo ad arricchire sempre più la sua preparazione. Ben presto si sarebbe reinserita nella realtà quotidiana della città che la aveva accolta in tutto e per tutto; era molto attiva anche nel sociale dava lezioni gratuite tramite una associazione di volontariato e frequentava regolarmente un corso di yoga, per staccare un po' dal tran-tran quotidiano. Le occasioni di socialità di certo non le mancavano e si allontanava sempre di più dalla mente il pensiero della chat, tanto diffusa anche tra i suoi amici e conoscenti. Rientrate le ragazze avvertirono subito la mancanza di Elisabetta, che aveva iniziato un nuovo capitolo della sua vita. Erano una squadra ben salda con equilibri precisi, adesso avrebbero dovuto riassestarsi e colmare quel "vuoto".

Non mancava giorno in cui a turno la chiamavano per avere notizie, anche perché erano preoccupate per lei per un'eventuale depressione post-partum di cui sempre più si sentiva parlare. Era del tutto protetta e coadiuvata dalla sua famiglia, ma le ragazze temevano che potesse cedere a causa del nuovo ruolo impegnativo di madre aggravato dalla mancanza di un compagno al suo fianco. Erano tuttavia sicure che Elisa ce la avrebbe fatta: aveva una fibra forte ed un coraggio invidiabili, la sua scelta era già eloquente.

20.

Non lo aveva più rintracciato sul web, sparito: non capiva il perché, ma si collegò ugualmente per vedere se compariva e scambiare quattro chiacchiere e così fu; Valmare era lì, ma sembrava non interessarsi a lei, che si era auto battezzata Stefy molto semplicemente. Cominciò comunque a chattare con una sua amica, che conosceva nella realtà, sempre in attesa che Valerio le parlasse. Improvvisamente il bip tanto atteso: Ciao Stefy - e di rimando lei rispose Hallo, Vale - e da lì cominciarono a scambiarsi confidenze molto personali, punti di vista sulla vita e pensieri che Stefania non aveva mai condiviso con nessuno. Ciò la portò a riflettere sul fatto che quel mezzo tanto demonizzato non era poi così tremendo, il fatto di non vedersi aveva abbattuto la barriera dell'emotività, dell'imbarazzo e dell'eccessiva riservatezza. Era giunto però il momento di salutarsi in quanto l'indomani l'attendevano gli esami di gennaio e doveva essere massimamente riposata e a mente lucida. Intanto aveva scoperto che Valerio era più grande di lei di tre anni, terminati gli studi di giurisprudenza era un avvocato che si occupava di civile. Si erano dati appuntamento alla sera successiva, era la prima volta che lo facevano e diede una sensazione strana ad entrambi senza che se lo dicessero.

21.

Il giorno degli esami provava una tensione altissima che scongiurava con alcuni riti scaramantici: doveva bere un ginseng al bar dell'università ed arrivare in largo anticipo per ambientarsi e rilassarsi prima dell'assalto di tutti i colleghi. Quelli erano un'enorme fonte di stress per lei che voleva solo concentrarsi sul momento dell'esame senza ripassare argomenti o formule di qualsiasi genere. Finalmente si centrava su se stessa quando si sedeva di fronte al docente per acclarare la sua preparazione, che solitamente era impeccabile, vista la sua minuziosa disamina delle discipline che studiava. Anche quella sessione d'esami era andata bene e poteva in primis andare a festeggiare con le sue coinquiline che di lì a giorni avrebbero anche loro sostenuto esami. Pensava però anche al suo amico "virtuale" ed era già emozionata al pensiero di quel momento di condivisione specialmente dopo la conversazione della sera prima. Intanto fece la telefonata di rito a sua madre che avrebbe diffuso la notizia in maniera capillare in famiglia. Stefania sentì la necessità di fare un bagno caldo con una serie di strategie che nulla avevano da invidiare una clinica di bellezza, per coccolarsi e regalarsi momenti di relax. Lo fece anche per ingannare il tempo prima della chat della sera, uscì a fare una passeggiata al parco con Flavia, la quale era una gran chiacchierona e la distoglieva da qualsiasi pensiero.

Eccolo il momento tanto atteso, visto in linea Valerio non aspettò stavolta che fosse lui a scrivere, ma salutò lei e subito gli comunicò l'esito positivo degli esami. Lui si congratulò immediatamente e mise lì una serie di faccine dette emoticon per suggellare la sua stima verso di lei. Iniziarono a parlare in maniera fitta, a raccontarsi anche episodi delle loro rispettive famiglie e delle loro infanzie, sembrava banale, ma in questo modo avvertivano entrambi una maggiore vicinanza e complicità.

22.

Ma avremo mai il coraggio di conoscerci?- si domandò Stefania. Questa voglia di portare la relazione ad un livello di "normalità" cominciava a manifestarsi come un'esigenza e si chiedeva se anche lui provava lo stesso. Non aveva però l'intraprendenza di essere lei a chiederglielo per prima, non voleva sembrare" antica". Ad un tratto proprio mentre si stava rilassando, Stefania venne "convocata" in cucina; esordì Lucia dicendo: "Siamo preoccupate per te, sei sempre chiusa in camera a studiare o chissacchè, devo dirti che Flavia mi ha raccontato della tua amicizia virtuale...". La ragazza rimase stupefatta dal fatto che la sua amica aveva tradito la sua fiducia raccontando la sua confidenza all'altra coinquilina quando lei si era fidata raccontando le sue vicissitudini contando sulla sua discrezione. Prima che questa potesse rispondere, incalzò Flavia dicendo che avevano organizzato una cena reale con persone reali in casa quella sera. Dopo questo Stefania era su tutte le furie, ma il suo livello di auto dominio era molto elevato pertanto si limitò a voltare le spalle dicendo laconicamente: "Io stasera non ci sarò! Divertitemi senza di me". Era fuori di sé ed in casi come questi preferiva metabolizzare il tutto e poi riprendere la questione con più calma. Pertanto, chiamò una sua cara collega di università, e concordò una serata al cinema: aveva bisogno di distrarsi e non pensare a nulla. Tutto questo l'aveva distolta dall'appuntamento serale con Valerio, ma forse era preferibile anche questo. La serata con l'amica Giorgia, fu molto rilassante in quanto le consentì di non pensare o quantomeno "triturare" i soliti discorsi. Il film che avevano scelto aveva riscontrato il gusto di entrambe, così anche il consumare un pasto veloce in una panineria del centro ricco di giovani come loro. Rientrò in casa rigenerata, ma non di certo propensa a confrontarsi ancora con le sue coinquiline: appena in casa, avvertì risate provenire dalla cucina, ma deviò verso la sua stanza senza passare per ipocriti convenevoli

23.

Il giorno nuovo poteva portare una nuova calma e la possibilità di un chiarimento con le sue amiche, fece un respiro profondo e si recò in cucina dove trovò Lucia e Flavia alle prese con le stoviglie della sera prima. "Buongiorno" - le ragazze si voltarono in contemporanea stupite e con una sorta di senso di colpa per aver ferito l'amica. Stefania voleva chiarire in quanto non le piaceva lasciare questioni in sospeso anche se non gravi, davanti ad un'abbondante colazione ed a un fumante caffè ognuna di loro espose il proprio punto di vista. Solo così l'ira ed il risentimento della ragazza si placarono e le permisero di riabbracciare le amiche senza alcun rancore avendo compreso le loro buone intenzioni. A quel punto la ragazza si sentì libera di raccontare delle sue vicissitudini in chat con questo nuovo amico, le emozioni provate (delle quali era scettica Flavia), mentre Lucia suggeriva cautela, di non inviare foto compromettenti ove richieste. Insomma, tutte sembravano esperte nel settore pur non avendolo navigato mai più di tanto, ma solo per il famoso "sentito dire", ma ragazze- ribattè Stefania, la mia esperienza è diversa da quelle raccontate in giro, questo ragazzo è in gamba ed esprime solo emozioni e pensieri personali, almeno per adesso. Terrò alto il livello di guardia, ve lo prometto e se dovessi notare un cambiamento in direzioni diverse sarò io stessa a comunicarvelo così mi darete una mano voi. Vorrei tanto conoscerlo. – Attenzione - l'ammonirono in coro le amiche, non puoi mai sapere chi ti trovi di fronte, magari anche un serial killer.

24.

La conversazione aveva fatto sprofondare l'umore di Stefania, aveva l'intenzione di collegarsi alla chat e parlare con Valerio, ma decise di desistere dopo tutti quei discorsi. Allora chiuse il pc, i libri e si recò all'aria aperta al parco per schiarirsi le idee, da alcuni mesi vi erano stati dei cambiamenti: Elisa, che era un punto di riferimento per lei, non viveva più con loro per ovvi motivi e lei comunicava più con un computer che con le persone intorno a lei e ciò cominciò a destarle qualche preoccupazione. Doveva decidere che tipo di direzione seguire nei prossimi giorni, ma al momento voleva solo distrarsi osservando frammenti di vita vera: una mamma che allattava il suo bambino ed il suo pensiero corse all'amica neomamma, altri bimbetti un po' più grandi che si rincorrevano tra gli scivoli ed una strana malinconia sembrò assalirla, mista però ad una effimera serenità che derivava dall'osservare la vita altrui. Improvvisamente si scosse da questo torpore, e decise di incamminarsi verso casa per riprendere le sue sane abitudini di sempre, si versò un bicchiere di vino e lesse un buon libro, la panacea ad ogni male, la definiva la zia Erminia. Era magnifico per lei perdersi nei meandri della vita altrui, immaginarsi totalmente differente da come era nella realtà: conoscere mondi nuovi attraverso le pagine di un libro. Leggere era un'avventura meravigliosa alla quale l'aveva

34

instradata la zia, grande lettrice di libri e quotidiani: aveva trascorso la sua vita da sola, ma evidentemente non aveva trovato la sua anima gemella o quantomeno una persona con la quale valesse la pena rinunciare alla sua indipendenza.

25.

Adesso la attendeva un periodo più tranquillo, in cui prevalentemente seguiva le nuove lezioni e si confrontava coi colleghi nell'auletta dedicata alla loro facoltà: vi erano ragazzi che vi trascorrevano la notte a studiare. La facoltà di ingegneria era circondata da molto verde, pertanto, nelle belle giornate ci si poteva concedere il lusso di studiare all'aperto…non saremo come i Peripatetici di Aristotele, disse Giacomo, il primo collega che la giovane donna aveva conosciuto in università. Per certi versi rifletteva sulle parole delle sue amiche e si rendeva conto di come poter godere della presenza di un amico, come Giacomo ad esempio e parlarsi faccia a faccia senza alcun dubbio sulla veridicità delle sue parole. Per un periodo aveva deciso di distaccarsi dalla chat e fare un sondaggio tra i suoi colleghi ed amici di chi usava questo strumento e perché. Dalle prime "interviste", emerse che la maggior parte di loro, almeno una volta, si erano collegati tramite il pc o il telefonino a queste chat con risultati variabili: Teresa, una delle altre rare presenze femminili in quella facoltà asserì di aver comunicato con un giovane che la aveva riempito di frottole e che aveva avuto la sfacciataggine di volerla incontrare ed a parte l'aspetto esteriore era totalmente diverso da come si era presentato via internet. Questo portò la ragazza a diventare diffidente in merito e ad approcciarsi alle persone in carne ed ossa, onde evitare brutte sorprese.

26.

Una mattina decise di non andare in facoltà perché una febbricola la aveva colta di sorpresa, lei che aveva un sistema immunitario moto forte. La tentazione di collegarsi, nonostante tutti i discorsi fatti, era molto forte e si domandò se questa non fosse diventata per lei una forma di dipendenza. Combattuta ed emozionata al contempo deciso di dare l'avvio alla conversazione con un click, ed ecco comparire Valerio-ma che fine hai fatto-l'apostrofa lui e prosegue-mi sei mancata, tutto ok? Lei rimane un po' spiazzata, ma risponde velocemente- Eccomi qui, ho la febbre, non vorrei passarti il virus tramite tastiera, ed aggiungo una faccina "complice" per ironizzare. In realtà cercava di mistificare l'emozione, che non capiva il perché la assaliva ogni volta che comunicava con lui: esiste un innamoramento virtuale si chiese tra sé e sé; ma non trovò al momento risposta. Prima che la discussione potesse prendere una piega troppo personale decise, suo malgrado, di chiudere la conversazione per tutelarsi ed in cuor suo capiva che stava "scappando", ma da cosa poi? Quanti interrogativi aveva nella testa, ma nessuna risposta sembrava poterle l dare pace. L'unica certezza era non avere certezze-si disse Stefy; è vero che aveva sondato trai suoi coetanei la questione che la arrovellava da giorni- chat sì o chat no? Non voleva demonizzare questo mezzo, ma nello stesso voleva essere certa di non incorrere in situazioni incresciose peggiori di quelle vissute in realtà. Un viaggio forse era la soluzione per cambiare aria, vedere posti nuovi e cercare di conoscere nuovi orizzonti: ma le lezioni ed il suo elevato senso del dovere la richiamavano alla diligenza.

27.

Flavia proprio non comprendeva l'esigenza dell'amica nell'intraprendere relazioni con perfetti sconosciuti che potevano millantare qualsiasi falsa identità o peggio richiedere soldi o sortire chissà quale truffa. Sapeva di amplificare la situazione ma aveva un senso di protezione nei confronti dell'amica molto elevato e se ne rendeva conto, ma la aveva visto soffrire per la chiusura di una relazione "reale", figurarsi così. Non sapeva come convincerla ancor più a desistere da questi mezzi e tuffarsi nella vita, ma forse era proprio quello che temeva la sua cara Stefy. La chiave del loro rapporto era proprio la sincerità e la loro cifra distintiva era anche il mettersi a "nudo" su ogni tipo di sentimento o simpatia avessero potuto provare. Il suo obiettivo in quel dato momento era trascinare via l'amica da quell'assurda pazzia di comunicare con uno sconosciuto e peggio ancora incontrarlo. Per fare ciò stava mettendo in atto una strategia concordata anche con l'altra coinquilina sull'onda di questa preoccupazione. Non desiderava però che a questo punto Stefania se ne rendesse conto: voleva aiutare l'amica organizzando più momenti di piacevole socialità in casa, naturalmente coinvolgendola, più uscite al cinema o al teatro. Chissà se Stefania si sarebbe lasciata coinvolgere o se si fosse sottratta, questo era il suo cruccio, ma non voleva lasciare nulla di intentato.

28.

Flavia uscì di buon mattino per recarsi al mercato ed accaparrarsi i prodotti e le verdure più fresche con l'intento di organizzare una cena che coinvolgesse le sue amiche e gli amici più cari. Sperava soprattutto che Stefania si convincesse a partecipare e che trascorresse una serata gradevole a stretto contatto con gli amici più fidati. Si mise di buzzo buono per preparare la cena, chiese la collaborazione di Lucia, che in cucina era un vero asso. Appena Stefania fu avvisata rimase stupita dalla "macchina da guerra" che Flavia aveva messo su e pensò bene di rimboccarsi le maniche ed iniziare a cucinare anche lei. Era grata alla sua amica per averla sottratta per un po' dai soliti pensieri ossessivi, che stava cominciando a sviluppare, sentendo una sorta di dipendenza da questi strumenti social, che di veramente sociale avevano poco. Si dedicò alla preparazione delle tartine e degli antipasti in generale, e si rese conto di essere molto fortunata ad avere amiche come loro, con le quali condividere bei momenti. Gli amici non tardarono ad arrivare, tutti muniti di un piccolo dono, chi una bottiglia di vino, chi qualche piccolo arredo per arricchire l'appartamento. Si creò un'atmosfera molto bella sia a tavola, dove si condivisero i pasti preparati con cura dalle ragazze, sia nel dopo cena quando abbracciata la sua chitarra, Jimmy, il più giovane del gruppo intonò le prime canzoni e presto tutti si unirono in coro.

29.

Dopo quella sera Stefania avvertì un senso di leggerezza che non provava da tempo, e capì quanto preziosi potessero essere sia le sue coinquiline sia gli amici. Da quando la sua amica Elisabetta aveva avuto una figlia si chiedeva se anche lei un giorno avesse vissuto tale gioia, era anche disposta ad adottare un bambino nel futuro per dare a questi tutto l'amore di cui era capace. Ma forse stava correndo un po' troppo a causa della fantasia fervida che la caratterizzava; perciò, tornò coi piedi per terra per realizzare un progetto che sognava da tanto tempo di portare a termine. Oltre alle passioni di cui tutti erano a conoscenza, vi era un interesse che coltivava da sempre ovvero la pittura; si era limitata finora ad ammirare le opere dei "grandi" e a qualche schizzo su un suo calepino ma adesso desiderava realizzare qualche sua creazione da esporre magari in qualche galleria: progetto ambizioso ma non impossibile. Gli studi non potevano di fatto occupare la centralità della sua vita, ma doveva affiancargli altre prospettive magari distanti dal carattere tecnico dei suoi studi, che la costringevano ad usare le parti razionali di sé.

Decise allora di acquistare il materiale necessario per dipingere, la tecnica che voleva utilizzare era olio su tela, così acquistato il tutto si mise all'"opera". Le ragazze al momento rimasero all'oscuro di queste sue prospettive, ma ancora per poco in quanto terminato il primo lavoro lo avrebbe subito mostrato a loro per un giudizio imparziale.

30.

La sessione di lezioni era piuttosto impegnativa e tra i colleghi vi era un forte spirito di collaborazione, si scambiavano gli appunti, si esercitavano insieme nella loro "sede". Appena terminate le lezioni e l'incontro ricognitivo coi colleghi Stefania si precipitò a casa: non vedeva l'ora di mostrare il suo dipinto alle ragazze, che trovò adunate in cucina. "Ho una sorpresa per voi" e spuntò in cucina col suo quadro di media grandezza raffigurante un paesaggio di campagna all'albeggiare; "Wow" esclamò Lucia ed in coro la seguì Flavia:" E' bellissimo". E' la mia prima opera- gongolò la giovane donna, e l'opinione ed il riscontro positivo delle amiche la rincuorò. Espresse le sue intenzioni di voler dipingere per esporre le sue opere in qualche piccola realtà cittadina, che dava agli artisti emergenti la possibilità di farsi conoscere. Non voleva di certo volare alto erano solo le prime sperimentazioni, e le amiche si stupirono di questa sua passione nascosta, lei che dava spazio prevalentemente al ragionamento. Era stupefatta anche lei in prima persona, sapeva di amare la pittura ma non credeva di realizzare un'opera così gradevole agli occhi altrui. Adesso però se voleva esporre doveva creare qualcos'altro e così si mise d'impegno per creare qualcosa di più originale.

31.

Elisa intanto vedeva crescere la sua piccola, si occupava di lei con grande dedizione, certo non mancava qualche momento di frustrazione per il nuovo ruolo che ricopriva senza un compagno. Aveva di certo l'aiuto dei suoi, questo la sollevava in molti versi, ma di certo il suo pensiero spesso faceva capolino alla sua vita di prima: Elio, che aveva rifiutato di prendersi cura del figlio, pur avendolo riconosciuto legalmente. Pensava alla vita che conduceva con le ragazze e le mancava tanto, per i momenti condivisi con loro, le confidenze e la complicità tra di loro. Riceveva spesso le loro telefonata ed attendeva con ansia che la venissero a trovare per conoscere la piccolina e così arrivò il tanto desiderato giorno: "Amiche, ecco a voi Caterina" e la voce si spezzò per l'emozione, così mentre Flavia prendeva in braccio la bambina, le altre corsero ad abbracciarla. Era un momento davvero emozionante: sembrava una realtà parallela quella che stavano vivendo, ma era la vita che era scorsa al di là della loro immaginazione. Accadeva, si sa, ma quando accade a te la prospettiva cambia- disse Elisa, che sembrava iperbolicamente maturata in un tempo così breve. Raccontò per filo e per segno del parto, delle poppate e delle notti sveglia per le "colichette" di Caterina, come se anche le amiche fossero neomamme, ma era talmente radicata in loro l'abitudine di raccontare gli avvenimenti nel dettaglio, che anche in questo caso la giovane madre fece così. L'incontro aveva reso tutte piene di gioia, l'arrivo di una nuova vita è sempre foriero di belle speranze, profuma di futuro insomma.

32.

Era quel momento dell'anno in cui Stefania si sentiva quasi sospesa, era come in attesa della bella stagione ma ancora mancava tanto essendo febbraio, ma era tratta in inganno dalle belle giornate. Si rassegnava allora a poggiare la testa sui libri, o meglio a porre attenzione ai suoi studi mettendo da parte momentaneamente ogni velleità artistica od ogni altro tipo di distrazione. Anche se il bip proveniente dal computer la richiamò e la riportò ad una realtà che stava cercando di cacciare da giorni, eliminarla alla radice, ma a quanto pare la sua ritrosia aveva attratto ancor più Valerio. Decise che avrebbe risposto a questa chiamata, se così si può dire, con uno spirito di intraprendenza maggiore, avrebbe osato nel chiedere ciò che la incuriosiva. Iniziò la conversazione come un incontro di boxe, domande e botta e risposta: "Pensi che ci incontreremo mai?" disse in un soffio Stefania, e anche se spiazzato lui rispose "Sarebbe un mio grande desiderio", allora sta a noi riuscirci- pensò lei anche se questa cosa le metteva non poca preoccupazione ma non poteva continuare a mantenere rapporti con un fantasma! Avrebbe voluto dire qualcosa in più in proposito, quando lui le chiese:" Frequenti qualcuno in questo periodo?" e le rispose velocemente di no ribaltandogli la domanda, ma la risposta fu spiacevole per lei "Sì, da tre mesi", la ragazza rimase basita perche coincideva anche col periodo in cui loro avevano cominciato a comunicare. E allora non resistette nel chiedergli come mai non gliene avesse mai parlato. Purtroppo, il tempo era tiranno e dovette andare a cenare, con quel nodo in gola che le era improvvisamente venuto. Durante la cena non ebbe voglia di parlare minimamente con le sue amiche, non vedeva l'ora di riprendere la conversazione con Valerio. Così scappò al primo momento disponibile, appena terminate le operazioni di riordino in cucina, e si rintanò nella sua camera per riprendere la conversazione con il suo corrispondente. Non ebbe molta occasione di girare intorno agli argomenti come aveva fatto nei giorni precedenti: anche lui adesso incalzava con le domande e richiedeva attenzioni particolari: voleva cioè sapere cosa iniziava a pensare di lui, cosa provava; domande difficili da soddisfare.

33.

Il mattino dopo Stefania rifletteva sulla conversazione avuta con il suo amico di chat e le sembrava tutto surreale; confidarsi con una persona che hai visto solo in qualche foto le stava cominciando a pesare; anche le sue amiche la sollecitavano a rallentare i ritmi, ma era diventata quasi una dipendenza, qualcosa di cui non riusciva a fare a meno. Pertanto, si recò all'università ma con un pensiero fisso a Valerio: doveva conoscerlo per spezzare questa catena di "invisibilità", ma aveva un timore enorme in proposito. Lui avrebbe potuto darle tutte le informazioni più false su se stesso, poteva averla deriso con gli amici e tutte le peggiori eventualità le vennero in mente in quel momento.

Era decisa: al prossimo rientro a casa, giacché lui asseriva di vivere da quelle parti, lo avrebbe conosciuto di persona…avrebbe preso il coraggio "a quattro mani" e lo avrebbe finalmente conosciuto. Aveva la sensazione che questa chat diluisse il tempo, che rendesse rarefatte le relazioni e che ovattasse anche le emozioni, quelle vere, sane e forti. Quanti pensieri attraversavano la sua mente, che riteneva di non ritrovarsi a provare, rimuginava in continuazione su parole o frasi dette ovvero scritte e relegava queste sensazioni solo agli adolescenti; invece, si ritrovò nella loro stessa situazione.

34.

Un giorno, all'improvviso, mentre Stefania stava condividendo il solito caffè del dopo pranzo con le amiche, sentì suonare alla porta: era la madre. Visita inaspettata, ma gradita, la donna si mise a spignattare in cucina, emanando per la piccola casa profumi deliziosi. La sua visita aveva un motivo? Apparentemente no, ma conoscendola doveva aver arguito dalla voce della figlia al telefono una sorta di preoccupazione, ma non sapeva dirsi quale fosse la motivazione. In quella circostanza piuttosto che arrovellarsi in casa, preferì raggiungere la figlia senza preavviso, altrimenti questa glielo avrebbe impedito.

Non sapeva come rendersi utile per tutte, in quella breve permanenza in casa delle ragazze, avrebbe voluto anche far pulizie generali, ma venne subito bloccata da Lucia, la quale vedeva troppo faticare la signora. Arrivò il momento della verità e la madre si ritrovò di fronte alla sua "piccola" e volle che questa si aprisse con lei e le confidasse cosa la faceva stare male, ma fu molto difficile in quanto era complicato per la ragazza raccontare ciò la turbava. Inizialmente Stefania pensò di divagare ed attribuirlo allo studio, alla pressione degli esami imminenti, ma fu difficile convincere la signora Carla. Dopo tanti preamboli confessò alla madre che avrebbe avuto bisogno di trascorrere un po' di tempo con lei a casa, la sua idea era di avvicinarsi a Valerio per conoscerlo finalmente e così approfittò della situazione per rientrare nella sua cittadina per un periodo di tempo. Preparò in fretta una piccola valigia con l'indispensabile per trascorrere una settimana a casa: era convinta che staccare un attimo dalla routine quotidiana per ossigenarsi un poco. Trangugiò velocemente il pranzo preparato dalla madre, non vedeva solo l'ora di partire per casa, era in fibrillazione per il rientro.

35.

Arrivati a casa, la prima cosa che fece fu riabbracciare il padre, con il quale non era molto espansiva e l'incontro con la zia Erminia fu immancabile. Era arrivato il momento di prendere una decisione importante e non poteva più rinviare:" Devo chiamarlo e fissare un appuntamento" si disse Stefania. Lo contattò via chat e fissò un incontro con Valerio alle 16 di quel pomeriggio nella piazza centrale di un paesino limitrofo alle loro rispettive località. "Come sarebbe stato vedersi dopo tanto scriversi, chi lo sa?": così si interrogava la giovane donna per ingannare il tempo, mentre si preparava curando ogni particolare sia nell'abbigliamento che nel trucco. Il momento della verità stava per arrivare ed era difficile mistificare quell'emozione.

Chiese in prestito l'automobile della madre, dicendo che doveva andare a trovare un'amica di un paese lì vicino, e si avviò verso la meta prefissata. Il tempo le sembrò scorrere lentamente, ma capì che doveva cercare di tranquillizzarsi e così mise un po' di sottofondo di musica in macchina per rilassarsi un attimo. La piazza non la conosceva e le sembrò davvero amena, ricca di verde e di aiuole ben curate, cosa questa che la incoraggiò a parcheggiare l'auto e a dirigersi verso il bar dove si erano dati appuntamento. Stefania aveva tenuto libera la splendida chioma di capelli lisci e castani, che solitamente legava per praticità ed indossava un abitino fiorato su uno sfondo blu, con un giubbotto in pelle rosso che metteva in risalto i suoi occhi verdi. Vide un giovane alta con un abbigliamento casual giusto davanti al bar, aveva il cuore in gola, ma pensò:" Ma quanto è bello!". Si avvicinarono l'un l'altro e si presentarono finalmente guardandosi negli occhi e sentirono le rispettive gradevoli voci. Decisero di condividere qualcosa al bar: era un momento così emozionante, che entrambi lasciarono scivolare tutte le domande che avevano in testa per quell'incontro e si godettero un aperitivo scrutandosi attentamente.

36.

Quell'incontro non doveva essere un caso isolato, ma la ragazza contava di rivederlo in breve tempo, dal momento che si trovava vicino a lui, prima di rientrare a Pisa e riprendere gli studi. Valerio era stato una bella sorpresa, sentì telefonicamente Flavia e le disse:" Sono proprio felice di averlo conosciuto e ci rivedremo presto", l'amica ne fu altrettanto contenta ma la invitò ad essere prudente ugualmente. Stefania, nonostante le raccomandazioni dell'amica, si sentiva molto emozionata e felice di ciò che le stava accadendo. Finalmente il suo lui non era solo una sequela di parole al computer ma sostanzialmente una persona in carne ed ossa! Era stupita dal fatto che Valerio non l'avesse delusa, anzi la aveva sorpresa, ma non poté far a meno di chiedergli della frequentazione che stava avendo, che valore avesse per lui. La risposta del ragazzo fu lapidaria, "E' una conoscenza relativamente nuova, ma non ho intenzione di interromperla per te!". Improvvisamente la giovane ebbe come la sensazione di una tegola sulla testa, come se si aspettasse qualcosa di diverso, un po' più diplomatica. Ma non sapeva come controbattere, avvertiva solo una grande delusione, e decise di chiudere presto la conversazione e con una scusa andare via.

Mentre si allontanava si disse: "Ma cosa volevi che ti giurasse amore eterno?", dopo questa auto ammonizione si recò casa pensando a tutte le raccomandazioni delle amiche. Era il momento di andare a trovare la zia Erminia, altrimenti avrebbe fatto una piazzata incredibile per non essersi fatta vedere. La conversazione con lei era sempre gradevole, ci si confrontava anche sulle ultime letture, gli spettacoli al teatro seguiti o qualsiasi altro argomento di attualità: insomma era sempre arricchente. Si congedò dalla zia, e senza darle modo di vedere di aver dentro di sé un gran turbamento, rientrò a casa per sentire Flavia al telefono e fare un po' una ricognizione della situazione con lei.

37.

Rincasata, salutò velocemente i suoi e si rintanò in camera per conversare con l'amica sull'incontro appena accaduto, sullo stupore provato nel vederlo e sull'epilogo che tanta delusione gli aveva apportato. Flavia la invitò a mantenere la calma, dopotutto l'appuntamento era andato bene salvo l'ultima sua richiesta che non aveva avuto la risposta che lei desiderava. Stava rielaborando un po' nella sua mente la conversazione avuta, le ritornava in mente il modo in cui lui la osservava con ammirazione velata, la sua voce calda e piacevole: ecco cosa ti eri persa in chat, si ripeteva la ragazza. Avrebbe voluto rincontrarlo a stretto giro di posta se così si può dire, senza però la presenza dell'ombra di un'altra persona che Valerio diceva di frequentare, certo essendo lei una nuova conoscenza non poteva certo pretendere che lui non conoscesse o frequentasse nessun'altra persona specie nel caso in cui il loro rapporto non aveva ancora dei confini precisi. Cercò di distrarsi da questo seppur piacevole incontro e di concentrarsi sulla sua famiglia nei giorni in cui si trovava a casa; si accomodò in salotto con il padre, con il quale aveva la piacevole abitudine di discutere dei fatti di cronaca o di politica apprese dalla lettura dei quotidiani, passione questa trasmessale proprio dal genitore. Questo scambio di opinioni la distrasse dai pensieri dell'ultimo incontro, ma soprattutto le fece sperare che Valerio avesse quella gentilezza ed il garbo cui era sempre stata abituata in casa dal padre in particolare.

38.

I giorni in casa dei suoi trascorsero in fretta e dovette ripartire per riprendere i suoi studi, dopo questa breve, ma utile pausa. Questa incursione a casa, con il primo incontro con il suo amico di chat, era stata molto proficua. Proprio mentre stava per riprendere i suoi "amati" libri l'occhio le cadde sul quadro che aveva realizzato qualche mese fa e pensò di riprendere un po' con la sua passione, anche per distrarsi e non pensare. L'arte è terapeutica –le ripeteva sempre la zia e quanto era vero! Per un'ora in cui realizzò un paesaggio dai colori molto tenui, non pensò a nulla, o almeno così le sembrò di essere rapita in mondo altro da quello che solitamente abitava. Mostrò anche questa volta la sua creazione alle amiche le quali apprezzarono e la sollecitarono a continuare, per fare una mostra o qualche evento del genere in cui presentare questi suoi elaborati. Era molto soddisfatta di se stessa in quanto sapeva che le sue amiche erano spietate nei giudizi, pertanto se loro avevano apprezzato anche altri che non la conoscevano avrebbero potuto valutare positivamente ciò che lei aveva realizzato. Riprese comunque i ritmi di studio serrati che teneva sempre, in attesa di decidere se e come rimodulare i rapporti con Valerio dopo il loro incontro. Era rimasta sinceramente basita dalla sua leggerezza nel dirle che non avrebbe interrotto la sua frequentazione, ma d'altro canto ne aveva apprezzato la franchezza e per altro non era neanche escluso che avrebbe potuto interromperla in seguito.

39.

Tutte le domande che le circolavano per la testa non riuscì a gettarle via neanche durante la lezione tant'è che non assimilò nulla di quella spiegazione, situazione rara per lei che seguiva ed interveniva a lezione ove richiesto. I colleghi per fortuna non intercettarono la sua distrazione momentanea e le venne in mente la voce di Elisa che le diceva-quando ti innamorerai sul serio capirai. Era quello il momento in cui era davvero innamorata? - si interrogava Stefania, senza darsi però risposta. Ma sapeva che non tutto poteva avere una risposta immediata, doveva avere la pazienza di aspettare gli eventi e nel caso specifico era preferibile attendere che fosse lui a farsi sentire e magari con qualche novità. Cercava di concentrarsi sulle cose da fare, ma spesso e volentieri tendeva a ritornare con la mente ai momenti trascorsi con Valerio, tentava di ricordare ciò che esattamente si erano detti ed il timbro della sua voce. Ma si rendeva conto che questa era più una "tortura" mentale, una stortura che ed aveva solo necessità di distrarsi. Non era semplice per lei che tendeva a riportare tutto sul piano della razionalità e ad incasellare tutto con spiegazioni scientifiche.

L'amore era una variabile impazzita per lei e si rendeva conto forse di non averlo finora sperimentato con una tale intensità, sebbene fosse un rapporto anomalo fatto di pochi incontri reali...avrebbe voluto incontrare ancora una volta quel giovane che tanto la stava intrigando. Così prese di coraggio e decise di contattarlo via chat per fissare un nuovo appuntamento, ma lui sembrava non rispondere, cosa rara che la mise subito in agitazione.. Avrebbe voluto non averlo mai conosciuto- si disse. Ma ormai si era proprio innamorata, colpo di fulmine o altro? Non importava doveva solo tentare di distrarsi allora o con le amiche o con qualche collega universitario: magari con Giorgio, il quale era molto discreto ed anche simpatico. Dopo averlo contattato, concertarono insieme sul film da vedere al cinema, un thriller, genere che lei adorava. Questa uscita le consentì di distrarsi dai pensieri che stavano diventando ossessivi e non proficui.

40.

Decise di re immergersi nelle sue "sudate carte" per non pensare ad altro e per ottimizzare i tempi, rispetto ai prossimi esami che avrebbe dovuto sostenere. Quando le accadeva di prendere atto di determinate situazioni che la facevano sviare dai suoi obiettivi, rientrava subito in se stessa e cercava di dominare tutti quegli elementi che la potessero inutilmente distrarre. "Vuoi controllare tutto, ma non è possibile!" le disse Lucia, che la vedeva molto preoccupata ed al contempo con un atteggiamento differente dal solito. " Lo so, ma è più forte di me, vorrei che tutto fosse come la matematica dove i conti tornano sempre, per dirlo in maniera semplicistica". Sapeva che il ragionamento della sua amica non faceva una piega ma nonostante ciò si ritrovava impantanata tra il desiderio di osare, che non le apparteneva, e la seria intenzione di essere se stessa sempre rigida e severa nei giudizi e nei comportamenti. "So di essere noiosa ma preferisco salvaguardarmi dalle delusioni in questo modo".

A parte gli studi e la realizzazione di qualche sporadico quadro, non si muoveva dalla sua camera come fosse isolata dal mondo, destando la preoccupazione delle sue coinquiline, che conoscendola, non avrebbero voluto turbarla ma volevano allo stesso tempo farla uscire da quel torpore. Organizzavano serate, incontri per bere il caffè nel dopo pranzo, ma niente sembrava risollevare Stefy, che si isolava sempre di più finché un giorno inaspettatamente quel bip arrivò e Valerio iniziò a parlarle come se si conoscessero da sempre, come se quella distanza che aveva interposto tra loro non fosse mai esistita. "Devo dirti una cosa importante, ma non qui, voglio guardarti negli occhi e parlarti." Finalmente la ragazza sentì che poteva respirare a pieni polmoni, come se fino a quel momento le fosse passato quel groppo che le impediva di respirare adeguatamente. Presero accordo per il giorno e l'orario in cui avrebbero dovuto finalmente rivedersi: non stava più nella pelle... Cosa indossare, se raccogliere i lunghi capelli o lasciarli liberi, se indossare i tacchi o no, tutte frivolezze delle quali solitamente non si interessava. Chiese anche consiglio alle ragazze, mentre di solito era sempre autonoma nelle sue scelte. Il giorno tanto atteso dell'incontro arrivò e trovò impreparata Stefania, la quale era ancora in alto mare su come prepararsi, ma infine scelse un abbigliamento casual, con occhiali da sole specchiati, vista la bella giornata. Doveva essere anche comoda per viaggiare con il pullman e raggiungere la località in cui avevano deciso di incontrarsi.

41.

Quando si incontrarono in quella piazzetta che le sembrò amena e ben curata, i suoi occhi incrociarono subito quelli di lui, intorno a loro non vi era molto gente e questo favorì la loro intimità. Senza dirsi molte parole si presero per mano e si recarono davanti la banchina che dava sul mare...che fascino l'aria salmastra. Entrambi non sapevano cosa esattamente dire, nessuno dei due aveva il coraggio di parlare e spezzare quel silenzio perfetto. Intanto non potevano continuare così, pertanto a rompere il ghiaccio fu lui dicendo:"Sei bellissima, e sono felice di vederti", cosa che spiazzò la giovane che si attendeva di sentirsi dire "andiamo al bar" o simili, ne fu lusingata, ma si bloccò ancor di più.

Decise di prendere l'iniziativa lei per rendere l'atmosfera meno tesa, sicché gli propose di andare al bar lì vicino, banale si sa, ma sempre efficace. Lui accettò ben volentieri e si recarono a sedersi ad un tavolino molto riservato sempre con vista mare. Ordinarono due bibite poco alcoliche onde evitare situazioni imbarazzanti dopo, da lì cominciarono a sciogliersi ed a parlare fitto fitto, con gli sguardi incollati e provando piacere nel sentire le inclinazioni della voce dell'altro. Ciò che solitamente sembra naturale in una conversazione era per loro amplificato, in quanto in chat tutto questo non vi era e mai come adesso se ne rendevano conto. Erano "assorbiti" l'uno dall'altro, avevano il desiderio di conoscersi sempre più a fondo, di raccontarsi senza infingimenti e di trovare il modo che quel momento durasse più a lungo possibile. Scoprivano man mano di avere molti interessi in comune, ma anche delle idee divergenti, il che rendeva anche più stuzzicante la loro conversazione. Si raccontarono anche episodi più intimi, riguardanti il loro passato, parlarono delle loro carriere universitarie. Lui continuò a farle complimenti che giungevano sicuramente graditi per la ragazza, la quale nel contempo si imbarazzava sebbene non fosse mai stata particolarmente timida ed essendo abituata ai commenti non proprio soft dei colleghi.

42.

Era giunto l'imbrunire con un magnifico tramonto sul mare, e i due si guardarono complici, era arrivato il momento di salutarsi e rientrare in casa. Ma nessuno dei due ne aveva voglia, ma tanto meno volevano bruciare le tappe pertanto si salutarono da amici e preso ognuno la propria direzione. "Ti accompagno al pullman" le disse e così percorsero un altro pezzetto di strada insieme e lui ne approfittò per sfiorarle le gote e sussurrarle "A presto". Che romantica avventura questa conoscenza- pensò Stefania. Non avrebbe voluto togliere o aggiungere nulla a quell'incontro perfetto: le sembrava di averlo visto in un film o letto in un romanzo, ma non di averlo vissuto tant'è le sembrava perfetto. Salì sul pullman con un carico di pensieri che si accavallarono tra di loro, avevano parlato tanto e si erano aperti all'altro con la massima fiducia, adesso erano fuori dal campo dell'irrealtà e Stefy non immaginava le sarebbe accaduto visto tutto quel che si sente sul mondo della chat, sui falsi profili, sulle truffe e quant'altro. Per lei rimaneva sempre l'ombra della frequentazione con l'altra ragazza di cui gli aveva parlato Valerio, questione che in questo frangente non aveva voluto sollevare. Si ripromise che alla prima occasione idonea glielo avrebbe chiesto, certo era che tra di loro non si era ancora stabilita alcun tipo di relazione. Rientrata a casa dovette subire il "tribunale dell'Inquisizione" delle amiche che vollero raccontato in ogni minimo particolare di quell'incontro: era ovvio era una loro abitudine raccontarsi tutto e trarre le conclusioni tutte insieme anche dalle situazioni più complicate. Lucia e Flavia erano irremovibili: doveva chiedere al giovane se frequentava ancora questa altra fatidica ragazza.

43.

Stefania si addormentò e si risvegliò con questo pensiero:ma non seppe trovare ancora il coraggio di contattare Valerio in chat e fargli la domanda diretta. Decise di uscire presto da casa e fare una corsetta al parco, prima di rientrare a casa, fare colazione con le ragazza, poi doccia e lezione in facoltà. Quante energie aveva, si rese conto, nonostante tutto non riusciva a fermarsi, forse per non pensare: era un meccanismo di difesa che aveva attivato inconsciamente. A svegliarla da questo circuito fu il suo collega Giorgio che le chiese:"Ma cosa ti succede, tutto a posto?". Questo giovane era sempre molto garbato ma anche attento alle oscillazione d'umore della sua amica e riusciva sempre ad esserle vicina senza essere però invadente. A stento Stefania rispose, essendo come risucchiata nel suo mondo, dai suoi pensieri, ma apprezzò l'interessamento dell'amico, ma non seppe dargli una risposta esaustiva e concreta. Era arrivato il momento di chiedere a Valerio ciò che teneva così in tensione, così si collegò in chat e lasciò lì un messaggio in attesa che lui si collegasse e la leggesse; inoltre aveva riflettuto sul fatto che non si erano neppure scambiati i numeri telefonici. Nel frattempo si mise a studiare senza troppi risultati essendo distratta dalla risposta che attendeva tanto. La sua battaglia interiore fu interrotta dalla chiamata della madre che aveva come delle percezioni quando la figlia non stava bene; la intrattenne per ben un'ora raccontandole le vicissitudini della cittadina, della sua famiglia, della zia Erminia. Tutto questo distrasse ampiamente la ragazza dal suo chiodo fisso, e la riportò a pensare a quanto era fortunata, sia per la sua famiglia sia per le amicizie reali che aveva. Doveva continuare ancora ad essere accorta con questo rapporto via chat, sebbene vi fossero stati due incontri di presenza molto belli, ma non voleva abbassare la guardia.

44.

Nel contempo Elisa cresceva la sua piccola senza avere più notizie del padre, ma fortunatamente le era vicina la sua famiglia, ma avvertiva nostalgia della sua vita passata, in casa con le ragazze e solo adesso si rendeva conto di quanta spensieratezza godesse. Sentiva la necessità di rivedere le sue ex coinquiline e non poteva pretendere che fossero sempre loro a venirle a trovare: si organizzò e le andrò a trovare a sorpresa. Che gioia rivedersi tutte quante-esclamò Elisa, la quale era rimasta un po' fuori dalle ultime vicende della casa, e desiderava naturalmente essere messa al corrente delle ultime novità. Iniziarono a raccontare di sé prima Lucia e Flavia, in seguito Stefania che stupì col suo racconto la sua amica neomamma. Non si aspettava da lei, così razionale, che instaurasse un tipo di relazione come quello della chat: una realtà così estranea al suo modo di essere concreta e pragmatica. La giovane donna cercò di spiegarle che era iniziato un po' per noia e curiosità e da lì si era trasformata in un qualcosa di più serio…ma che ti sarai innamorata? -le chiese l'amica. E la sua domanda rimase sospesa nell'aria, e tutte assunsero un'aria interrogatoria carica di domande, ma che nessuna riusciva a proferire. Per deviare le domande su di lei, spostò l'attenzione sulla maternità di Elisa e le chiese da cima a fondo tutte le curiosità che l'attraversavano a tal proposito: sensazioni, emozioni, difficoltà dell'essere madre. E questi rispose con dovizia di particolari come se le amiche avessero avuto esperienza in tal senso.

45.

La visita lampo di Elisa aveva spiazzato tutte, ed allo stesso tempo le aveva reso felici, e si rendevano conto di quanti cambiamenti vi erano stati nell'ultimo periodo. Stefania prese atto del fatto che i contatti così diluiti nel tempo con Valerio, le regalavano solo incertezze e poca stabilità. L'unico modo per sbloccare la situazione era inviare un messaggio chiaro al suo lui, se così poteva definirsi, e così fece, aprì il collegamento e gli scrisse apertamente: "Frequenti ancora quella ragazza? Per me è importante saperlo!". Così si mise il cuore in pace e stiede lì in attesa che prima o poi lui rispondesse, sperando di trovare la risposta desiderata. Decise che doveva finalmente concentrarsi su se stessa e non far dipendere i suoi umori da qualcun altro anche se da quando aveva inoltrato il messaggio si sentiva sulle spine. Il bip tanto atteso arrivò e diceva: "Cara Stefania,da quando ci siamo incontrati l'ultima volta ho compreso che non potevo continuare a vedere anche un'altra persona ma vorrei approfondire la tua conoscenza", non le sembrò vero tanto che rilesse una quantità esagerata di volte il messaggio tanto da impararlo a memoria ed andarlo a condividere nell'immediato alle amiche, che gioirono per lei. Adesso dovete rivedervi subito-asserì Flavia – per consolidare il rapporto e potergli dare un nome. Era così entusiasta che aveva un sorriso beota sul viso, non ascoltava nessuno in realtà, stava già escogitando una maniera per rivederlo al più presto e godere della sua compagnia.

46.

Era al settimo cielo, ma doveva tenere i piedi per terra come era stato inculcato dalla sua famiglia ed in particolare dalla zia Erminia, esperta in delusioni sentimentali. Da quando aveva iniziato a percorrere la via della chat però, tutta la prudenza che aveva sempre avuto sembrava averla messa un po' da parte e si era fatta guidare più dall'istinto. In realtà era fiera di stessa perché era riuscita a trovare nei meandri della rete, una persona onesta almeno al momento, ed aveva centellinato gli incontri in modo da riuscire a conoscere il suo lui in maniera graduale. Le capitava alle volte di considerare la situazione che stava vivendo la sua amica Lucia, con una figlia da tirare su ed un uomo che si era dileguato appena appresa la notizia della gravidanza.

Nessuna di loro aveva pensato a parlare con Elio, il fidanzato di Elisabetta, per cercare di riavvicinarsi anche per il bene della bambina e così la ragazza decise di parlarne con le amiche per trovare la migliore soluzione che non ferisse però la sensibilità di Elisa. Si riunirono in cucina come al solito all'ora del caffè per discutere del problema e come al solito lanciarono sul "piatto" varie ipotesi di risoluzione, dalle più assurde alle più realizzabili e giunsero alla sensata conclusione di convocare Elio per parlargli e convincerlo a vedere la bambina e riallacciare i rapporti con Elisa. Il ragazzo inizialmente era molto teso e sulla difensiva, non si aspettava questa convocazione, ma pian piano si ammorbidì e valutò l'idea di andare a trovare la piccola che in cuor suo aveva desiderato conoscere, ma avendo preso le distanze con la sua lei si era tirato indietro su tutti i fronti. L'incontro con la figlia fu molto emozionante per il giovane papà ma non cambiò le coordinate delle scelte già prese, con somma delusione di Elisa, che da quella situazione sperava di avere nuovi risvolti per sé e la bambina. Purtroppo dovette rientrare nell'ordine di idee,che avrebbe dovuto crescere da sola la bambina, certo con l'aiuto dei suoi, ma il sogno di una famiglia tutta sua si infrangeva.

47.

Si riteneva fortunata ad aver conosciuto Valerio, sebbene in un modo non convenzionale, anche se ormai molto diffuso, non avevano di certo progetti, desideri in comune ma si erano lasciati liberi di viversi il rapporto in maniera gradevole, senza vincoli e pretese. Nel primo periodo fu molto agevole per entrambi questo tipo di rapporto: ad un dato momento la ragazza però sentì il desiderio di sentire più vicino colui che la rendeva così felice, di certo non si erano ancora definiti una coppia. Questo le stava cominciando a pesare, era un punto che non voleva affrontare con Valerio, e sperava fosse lui a prendere l'argomento per non essere troppo pesante o assillante. Si sentiva un'adolescente in preda ad una crisi ormonale, aveva bisogno di rilassarsi e non pensare a nulla. Lui la aveva stupita perché , a quanto le dicevano le amiche che avevano navigato sulla rete , avevano incontrato gente poco affidabile, che giocava con più persone contemporaneamente e che richiedeva foto compromettenti o facevano proposte indecenti. Che Valerio fosse un'eccezione? Lo sperava, anche perché non si sa mai come evolvono i rapporti tra le persone, l'esempio dell'amica Elisa la aveva colpita: nessuno si aspettava che il suo ragazzo si tirasse indietro e non si assumesse la figura di padre. Erano giovani sì, ma questo non giustificava senz'altro la sua ritirata dalla scena della vita della sua compagna ed in special modo della figlia. Nessun tentativo era riuscito per farli riavvicinare e questo aveva procurato una ferita insanabile in Elisa, che si era trincerata a casa con la sua famiglia.

48.

Devo essere attenta a non cadere nella trappola della chat esclusiva , sebbene io sia stata fortunata- si ripeteva la ragazza nel silenzio assordante della sua camera; si rendeva conto che si era isolata da tutti. Non era una buona abitudine da mantenere ed era decisa ad arginare questo atteggiamento. Prese la sua agenda e cominciò a segnare una serie di attività che avrebbe dovuto fare per uscire da quell'isolamento che si era auto inflitta. In realtà non aveva poi molte idee su cosa poter fare, non aveva molti interessi a parte la pittura da poco scoperta e voleva mettere in atto anche altre attività di tipo più pratico come la corsa, o le passeggiate in riva al fiume, che tanto poetiche le sembravano. Aveva capito che doveva raggiungere obiettivi nuovi, non fermarsi a questi mezzi così freddi che poco spazio lasciavano al reale contatto umano. Siamo sempre in tempo per cambiare direzione- si ripeteva Stefania, sentiva pressante il desiderio di condividere con le amiche e gli amici dell'università la sua vita reale e concreta senza stare seduta davanti ad uno schermo, in maniera inumana e fredda. Tutto quel che desiderava a questo tempo era di lottare per raggiungere le sue mete piccole o grandi che fossero, la laurea a lunga scadenza e la sua passione per l'arte,che era sbocciata da poco, ma non per questo meno importante. Improvvisamente le scoccò un'idea per la testa ovvero intrattenere rapporti di corrispondenza anche con altre persone in chat e suggerì alle sue amiche di fare lo stesso, era come una sorta di esperimento per capire meglio come funzionava questo mondo che solo da poco lei stava imparando a conoscere.

49.

Era diventata ormai come una missione la sua vita reale a confronto col mondo virtuale delle chat. Sembrava quasi che ogni sua priorità si fosse spostata dagli studi, a questo suo sondaggio statistico di come i suoi coetanei e non, si approcciavano a questo "mondo". Contemporaneamente le venne in mente di prendere carta e penna e scrivere una vera lettera ad una sua carissima amica d'infanzia che non sentiva da qualche anno: questo desiderio le nacque dal profondo del cuore. Così iniziò:"Cara Letizia, come stai? Ti starai chiedendo il perché di questo scritto, oggi che tutto va di fretta sul web, ma proprio per questa ragione ho sentito l'urgenza di recuperare questo mezzo per te che mi sei stata al fianco per molti anni, specialmente in quelli burrascosi dell'adolescenza. Ti sono grata per aver condiviso con me dei momenti particolari della mia vita in cui tutto avevamo e non ce ne rendevamo conto. Adesso che l'età della maturità si appresta a divenire voglio mandarti un ultimo messaggio: se avrai avuto piacere di leggere queste righe, spero avrai anche il desiderio di rispondermi con lo stesso mezzo, rendendomi così felice. Successivamente se lo gradirai, ti spiegherò anche il perché di questa mia iniziativa." Dopo aver scritto questa lettera si sentì improvvisamente più leggera, felice, come se avesse recuperato una parte di sé che non visitava da tempo. Aveva voglia di riassaporare ciò che le sembrava ormai perduto, ciò che era legato ad un passato ormai lontano surclassato da cotanta tecnologia, che sì avvicinava le persone, ma rendeva i rapporti molto duttili e volatili al tempo stesso.

50.

Sentiva che aveva allentato le maglie del suo ossessivo impegno per lo studio, adesso la priorità era lei stessa, la comprensione di ciò che la circondava...solo così poteva conoscere al meglio se stessa. L'amore per cui tanto ci si batte- si diceva

Stefania- non è altro che una domanda che ricerca risposte, che non sempre sono come ce le aspettiamo, ma che finiscono per spiazzarci. Ed ecco in un giorno umbratile di settembre, all'aprirsi del nuovo anno accademico, la studentessa ricevette una sorpresa inaspettata: mentre era sul web per ricerche di studio, avvertì il suo del lontano bip…Che fosse l'amore che aveva messo in stan-by per seguire la scia della sua razionalità? Ebbene sì, proprio quando non sperava più che accadesse si ritrovò a comunicare con Valerio che la spiazzò piacevolmente su tutti i fronti. Innanzitutto si complimentò con Stefania per le opere che aveva pubblicato su di un sito di sua conoscenza ovvero della sua famiglia che da generazioni gestiva una galleria d'arte aperta soprattutto ai nuovi talenti. Ma senza indugi le disse che nel periodo in cui lei si era allontanata dal web, lei era stata un pensiero costante e che desiderava rivederla il più presto possibile. Tante belle notizie fecero sobbalzare la fanciulla dalla sedia, la quale lusingata e con il cuore a mille, non seppe altro che concordare il luogo, il giorno e l'orario di questo tanto trepidante quanto inatteso risvolto.

Il momento dell'incontro finalmente arrivò, a quel punto nonostante le solite fisime su abbigliamento o altro ed ebbe i contorni magici di ciò che sembra esser scritto nel destino…Valerio aveva organizzato tutto a puntino conoscendo quella che voleva conquistare come la sua donna per la vita. Pertanto dapprima chiamò in adunata per organizzare nei minimi dettagli l'organizzazione della mostra personale dedicata alla sua Stefania, con le luci adatte e delle brochure accuratamente realizzate. Tutto questo lasciò senza parole la neo-artista che si alternava tra ringraziamenti, sperticati complimenti delle sue amiche di sempre e tutti gli ospiti intervenuti all'evento ampiamente pubblicizzato sul web. La serata volgeva al termine, quando Stefania si sentì trascinare dolcemente verso una balconata che si sporgeva verso un lungo viale sterrato, ma costellato da miriadi di lucine che rendevano lo scenario romantico e travolgente, come bacio con Valerio avvolse la sua amata, che non credeva a questo crescendo di emozione. Stefania non riuscì neppure a completare un "Graz…", che lui le mise dolcemente un dito sulle labbra e sussurrandole all'orecchio: "Seguimi…la serata non è ancora finita!". La condusse verso una automobile di color grigio perla che li portò in un ristorante molto ben arredato e stranamente silenzioso, fino al loro ingresso, finché si accesero delle tenui luci e partì una musica soave di violini. Era tutto perfetto e l'amore di cui si sentì pervasa Stefania, fugò ogni dubbio: che sia chat o qualunque strumento, naturalmente lecito…l'Amore vuole Amore e troverà sempre e comunque il modo di sbocciare.

Printed in Great Britain
by Amazon

24549460R00046